Ye

25408

LE NAUFRAGE

DU

HALSEWELL,

ODE.

LE CYGNE,

LE RENARD ET L'AIGLE,

FABLE,

A M. le Chevalier de Pougens,
Envoyé de France à la Cour de Londres.

Par M. DE LA MONTAGNE,
Auteur de plusieurs Ouvrages Dramatiques.

A PARIS,

Chez Royez, Libraire, quai des Augustins.
M. DCC. LXXXVII.

SUJET DE L'ODE.

Le HALSEWELL, Vaisseau de la Compagnie des Indes, destiné pour Madras et le Bengale, parti des Dunes le 29 décembre 1785, a échoué, trois jours après, sur les côtes de l'île de Portland, près de Waimouth, et a été totalement submergé. Le Capitaine, M. PIERCE, ayant demandé à M. MERITON, Capitaine en second, s'il était possible de sauver les femmes ; sachant que cela ne se pouvait pas, prit ses deux filles dans ses bras, et ayant attendu la mort dans cette position, fut englouti avec elles. L'aînée, âgée de dix-sept ans, se nommait Miss ELISA ; et l'autre, Miss ANNE, âgée de quinze ans. Elles allaient dans l'Inde pour épouser des Officiers d'une grande fortune.

LE NAUFRAGE

DE

HALSEWEL.

ODE.

How many feel, this very moment, Deaht,
And all the sad variety of pain!
How many sink in the devouring flood!

(THOMSON's Seasons, Winter.)

LE vaisseau loin du rivage,
Déja vogue en liberté;
L'azur des cieux sans nuage
Répand sa douce clarté.
Le matelot qui s'apprête
A défier la tempête
Dans les plus lointains climats,
Bannit la sombre tristesse,
Et par des chants d'alégresse
Il se dispose au trépas.

A

A son aimable patrie
Faisant ses derniers adieux,
Vers cette île si chérie
Fanny tourne encor ses yeux.
Ses pleurs arrosent l'albâtre
D'un sein que l'Amour folâtre
Pour l'hymen veut embellir;
Des lieux qui la virent naître
Elle part, hélas! peut-être,
Pour ne jamais revenir.

Comme un gage d'innocence,
Elle porte dans son cœur
Des plaisirs de son enfance
Le souvenir enchanteur.
Sur cette plaine azurée,
Toujours son ame égarée
Revoit les champs d'Islington,
Du Vauxhall les promenades,
Et les paisibles dryades
Des bosquets de Kensington.

Fille du plus tendre père,
Et reposant dans ses bras,
Pourquoi de ton sort prospère
Ne point goûter les appas?
Tu vas dans l'Inde féconde

Des diamans du Golconde
Parer ton front virginal :
L'amant que ton cœur adore,
Près du berceau de l'Aurore
Te dresse un lit nuptial.

PoUR composer la guirlande,
Symbole heureux de tes mœurs,
Ta plus jeune sœur demande
Si cette terre a des fleurs.
Ainsi l'homme en sa misère,
Toujours par quelque chimère,
Amuse ses vains desirs,
Et près des sombres rivages,
Il joue avec les images
De nos fragiles plaisirs.

J'ENTENDS gronder sur les ondes
La voix du terrible Autan ;
Dans ses cavernes profondes
Il fait mugir l'Océan.
Voyez la vague écumante,
A chaque instant renaissante,
Se briser sur le vaisseau :
Il s'ouvre ; le nocher crie ;
Par-tout la mer en furie
Lui montre un vaste tombeau.

A CES accens lamentables
Les rochers ont répondu ;
Sur des écueils formidables
Le navire est suspendu.
Les matelots à la nage
Des flots éprouvent la rage :
D'autres couchés tristement,
Se traînant sans espérance,
Disputent leur existence
A ce funeste élément.

JUSQU'AU moment qu'il achève
De s'abymer sous les eaux,
Le vaisseau penche, et relève
Sa poupe au dessus des flots.
Quel objet frappe ma vue !
C'est une mère éperdue ;
Son fils pressé dans ses bras,
Dans son heureuse ignorance,
Sourit avec innocence
Aux approches du trépas.

MAIS d'une clarté rougeâtre
La lune éclairant les cieux,
Offre à mes yeux le théâtre
Du malheur le plus affreux.
Voyez ces filles tremblantes,

Et de terreur défaillantes
Près d'un père infortuné ;
Tel, dans ce moment terrible,
Qu'un simulacre insensible
Sur un tombeau prosterné.

LEURS cris plaintifs, leurs prières
Me pénètrent de douleur,
Et leurs paroles dernières
Retentissent dans mon cœur.
» Mon père, plus d'espérance :
» La mer frémit et s'avance.
» Sauvez vos jours ; laissez-nous.
—» Vous quitter ! moi ! votre père !
» Non, non. Tout ce que j'espère,
» C'est de mourir avec vous.

» VOILA donc la destinée
» Que ce jour vous assuroit :
» Voilà l'heureux hyménée
» Que le ciel vous préparoit !
» Approchez.... Les flots s'irritent.
» Ah ! que vos cœurs qui palpitent,
» Contre le mien soient pressés !
» Tendres et chères victimes,
» Périssons dans ces abymes,
» En nous tenant embrassés.

O vous, à qui la nature
Prodigue ses dons charmans,
Qui sur les fleurs, la verdure,
Voyez jouer vos enfans,
Qui dans la douce alégresse
Voyez croître leur jeunesse
Et vous mêlez à leurs jeux,
Cessez d'en goûter les charmes,
Pour accorder quelques larmes
A ce père malheureux.

Et toi, dont l'ordre suprême
Nous fit sortir du néant,
Qui nous fais tomber de même
Dans son gouffre dévorant,
Si l'atôme qui respire
T'accuse dans son délire,
Dieu, daigne lui pardonner ;
Mais si pour tant de souffrance
Nous recevons l'existence,
Devois-tu nous la donner ?

Du moins vois d'un œil propice
Ces êtres qui vont périr ;
Sur les bords du précipice
Ne les laisse plus languir.
Tes vagues sont toutes prêtes ;

Déchaîne-les sur leurs têtes ;
Que la mort glace leurs sens,
Et dans ce tombeau liquide
Etouffe leur voix timide
Et leurs funèbres accens.

Un dernier cri d'épouvante
Dans les airs s'est répandu,
Et cette masse flottante
Sous les eaux a disparu.
Aux doux rayons de l'aurore
Tout l'Océan se colore
D'un azur plus épuré ;
Il aplanit sa surface,
Et ne laisse aucune trace
De ce qu'il a dévoré.

---

iv

LE CYGNE,

LE RENARD ET L'AIGLE,

FABLE.

A M. LE CHEVALIER DE POUGENS.*

CERTAIN Cygne vivoit sur les bords de la Seine;
Il vivoit, mais comment? C'étoit de ces oiseaux
Qui vont chaque matin le long de l'Hypocrène
Respirer à loisir la vapeur de ses eaux,
Puis, buvant à longs traits cette onde enchanteresse,
Sur la même mesure et sur les mêmes sons,
    Ils modulent dans leur ivresse
    Tous les couplets de leurs chansons.
    C'est proprement faire des rimes.
Je plains ceux qui pour vivre ont choisi ce métier.
Taillez plûtot la pierre, et faites du mortier.
    Boileau l'a dit dans ses maximes.

---

* L'Auteur trompé par un intrigant, qui lui avoit promis une bonne place,
se trouvoit à Londres dans un très-grand embarras ce mois de novembre
1786. M. le Chevalier de Pougens, Envoyé de France, l'accueillit et le
combla de bienfaits, avec ces manières nobles et délicates qui rendent les
bienfaits plus précieux.

« A cela, dites-vous, je ne peux me plier ;

« C'est dur.—Eh bien, portez la besace aux minimes.

Voyez ce qu'un rimeur gagne à versifier.

Notre Cygne souvent manquoit du nécessaire ;

Avec quelques goujons il faisoit bonne chère :

Quant au turbot, jamais il n'en connut le goût.

Mais quoi ! la Providence est une bonne mère.

  Dînant fort mal, ne soupant point du tout,

Toutefois de l'année il attrapoit le bout.

   Un certain Renard d'Angleterre,

(On sait que si de Loups ce pays est purgé,

   De Renards on n'y manque guère.)

Ce Renard sur le corps ayant plus d'une affaire,

Et d'assignations et d'exploits surchargé,

Portant pour tout bagage un grand fonds d'impudence,

Bien caché dans un sac, pour épargner les frais,

Sur un vaisseau parti de Douvres pour Calais,

   S'étoit fait importer en France.

Mauvaise marchandise. Encore tout botté

Il va trouver le Cygne, et lui dit : « Mon cher frère,

« Votre état me fait peine, et j'en suis attristé.

« Vous avez du talent ; mais on n'y songe guère.

« Ce pays est ingrat ; le mérite est sans pain.

   « Les Cygnes ne sont plus de mode.

« Du grand siècle dernier ce siècle est l'antipode.

   « Pour jouir d'un heureux destin,

« Soyez un Perroquet bleu, vert, ou gris de lin;

   « Aux femmes contez des fleurettes;

« Présentez humblement la patte aux financiers,

   « Et par gentilles chansonnettes,

   « Dans un repas mettez-les en goguettes;

« Vous ferez bonne chère en cueillant des lauriers;

« On parlera de vous dans toutes les gazettes.

« Vous aimez mieux vaquer à de nobles travaux,

« Traiter quelque sujet qui mérite vos veilles;

« Vous aimez mieux voguer librement sur les flots,

« N'avoir que les rochers, les arbres, les échos,

   « Pour auditeurs de vos merveilles.

« Voulez-vous bien m'en croire? allez chez les Anglais :

« Ils font cas d'un oiseau qui sait parler français.

« Vos vers leur paroîtront un langage céleste.

   « On vous attend, et les fonds sont tout prêts.

« Moi, pour vous annoncer, je vais partir exprès;

« Arrivez seulement, je me charge du reste. »

   Par ce discours notre Cygne enchanté

     Crut qu'il disoit la vérité.

     C'est un oiseau simple et crédule.

Soupçonner le Renard! il s'en fût fait scrupule.

Tout annonçoit en lui candeur et probité.

   Mais celui-ci, pour plus de sureté,

De ses appointemens lui donne une cédule,

Qu'il signe de sa patte, et paraphe bien net,

Pour lui montrer qu'il savoit les affaires.

Le Cygne alors, assuré de son fait,

Regarda cet écrit, sans timbre ni cachet,

Comme un acte passé pardevant trois notaires.

　　Il part, il arrive. Aussitôt

　　Le Renard se met au galop ;

Il va dans les cafés, les places, les boutiques,

A Saint-James, Saint-Paul, à la Bourse, aux Marchés ;

　　« Citoyens, dit-il, approchez.

« Un Cygne, le phénix des oiseaux poétiques,

　　« Vient d'aborder aux rives d'Albion.

« Il parle le français dans sa perfection ;

　　« Il fait des vers dans le genre lyrique,

　　　« Le sérieux et le comique,

　　　« Qu'il récite très-proprement.

« Même à Paris, la chose à prouver est aisée,

　　　« Avec grand applaudissement

　　　« Il a lu deux ans au Musée. »

Ainsi notre Renard par-tout alloit crier,

Employant des poumons dignes d'un cordelier.

　　Auprès de lui le crieur de la Grèce,

Qui d'un gosier de bronze y proclamoit les loix,

Feu Stentor, dont Homère a vanté la prouesse,

N'eût paru posséder rien qu'un filet de voix.

　　En prônant ainsi son confrère,

Le Renard comptoit bien avoir part au gâteau ;

Mais personne ne vint pour entendre l'oiseau.
Renard de décamper. C'étoit son ordinaire :
Ainsi toujours Renards se tireront d'affaire.

      Le Cygne demeure au bourbier,
      Ouvrant le bec large d'une aune,
Comme une truite à sec sur les rives du Rhône.
Que fera-t-il, hélas! qui sera le premier
      Dont, pour adoucir sa misère,
      Il recevra le secours nécessaire.
      Dans ce canton vivoit alors
Un Aigle généreux, digne de sa naissance,
Possédant tous les arts. * Dès sa plus tendre enfance
Il orna son esprit de leurs plus beaux trésors.
L'art d'asservir l'oreille au charme des accords,
Celui qui des objets saisit la ressemblance **,

---

* M. le Chevalier de Pougens, à l'âge de 20 ans, avoit approfondi les mathématiques, les langues, l'histoire, la connoissance des livres et des manuscrits, la théorie et la pratique de la peinture et de la musique, etc.

** Plusieurs tableaux et desseins dans des cabinets particuliers, attestent les progrès étonnans que M. le Chevalier de Pougens avoit faits dans la peinture, qui lui ont mérité d'être admis à l'académie de peinture de Rome. Nous n'avons pas vu son morceau de réception; mais un de ses tableaux, représentant un groupe d'instrumens de musique, qui est dans le cabinet de M. l'abbé de la Montagne, prieur de la Tour-du-Lay, nous a paru offrir beaucoup de précision dans le dessin, et une grande intelligence des couleurs locales et des effets de lumière; et ce tableau a été fait avant que l'auteur allât en Italie.

Et paroît les créer en les reproduisant,
Des talens de cet Aigle embellissoient la liste ;
  Il les connoissoit en savant,
  Et les pratiquoit en artiste.
Il avoit vu beaucoup, et même avoit bien vu ;
  Étudiant dans ses voyages
Des Grecs et des Romains les immortels ouvrages,
L'homme sur-tout, cet être encor si peu connu,
D'habits, de traits divers en tous lieux revêtu,
  Et parlant différens langages.
Le ciel avoit permis qu'un voile ténébreux,
De cet Aigle éclairé vînt obscurcir les yeux *.
Au printems de son âge ! affreuse catastrophe !
Quand pour prendre l'essor tout lui servoit d'appui.
Il avoit supporté ce coup en philosophe ;
Ses amis en étoient plus affligés que lui.
Mais de tout compenser le ciel s'est fait la règle.
Son esprit plus actif perçoit l'obscurité
De l'abyme profond où gît la vérité ** ;
  Des yeux de l'ame il étoit vraiment Aigle.

---

* M. le Chevalier de Pougens a eu le malheur de perdre la vue des suites de la petite-vérole.

** On a recueilli en deux volumes, sous le titre de *Récréations philosophiques*, divers opuscules de M. le Chevalier de Pougens. On y trouve deux Contes où la manière de Voltaire est heureusement imitée ; et sur-tout des réflexions morales et métaphysiques très-profondes.

De ce sublime oiseau le Cygne étoit connu ;
Il s'en va le trouver, sûr d'être bien reçu ;
Il étoit malheureux. Heureuse confiance !
Elle étoit bien placée ; il se voit accueilli.
L'Aigle de son secours lui donne l'assurance,
      Fait couler dans son cœur flétri
Ce baume souverain que l'on nomme espérance.
Il lui parle, et sur-tout il le sert en ami,
Sans mettre à ses bienfaits aucun air d'importance.
Chez tous ceux qu'il connoît il fait guider ses pas,
Du Cygne publiant par-tout le savoir-faire ;
Il vante ses talens, même les exagère ;
L'hyperbole est permise en ces sortes de cas.
    Le Cygne enfin voit ses sombres alarmes
    Se dissiper aux rayons du bonheur,
    Et chaque jour, les yeux baignés de larmes,
    Il fait des vœux pour son cher bienfaiteur.

      Expliquons cette allégorie.
Le Cygne est l'auteur même, à qui la fantaisie
De savoir ce qu'à Londres il se disoit de bon,
A fait sottement croire un conte de féerie.
Puisse-t-il profiter au moins de la leçon !
      Notre Renard est un fripon.
Je ne le nomme pas : pourquoi nommer un traître ?
Saint Augustin nous dit que les méchans

Sont nés pour exercer ceux qui sont bonnes gens.
Il faut se résigner, puisque cela doit être.
Quant à cet Aigle humain, sensible, hospitalier,
   O respectable et jeune chevalier,
      Vous seul pouvez le méconnoître !

F I N.

www.ingramcontent.com/pod-product-compliance
Lightning Source LLC
Chambersburg PA
CBHW061531170626
46811CB00004B/1921